Un asunto de honor

Biblioteca
ARTURO PÉREZ-REVERTE

Un asunto de honor

DEBOLS!LLO

Papel certificado por el Forest Stewardship Council®

Penguin
Random House
Grupo Editorial

Primera edición en Debolsillo: junio de 2015
Tercera reimpresión: noviembre de 2021

© 1995, Arturo Pérez-Reverte
© 2015, Penguin Random House Grupo Editorial, S.A.U.
Travessera de Gràcia, 47-49. 08021 Barcelona
Diseño de la cubierta: Penguin Random House Grupo Editorial
Fotografía de la cubierta: Cover / Corbis

Printed in Spain – Impreso en España

ISBN: 978-84-9062-835-5
Depósito legal: B-9.617-2015

Impreso en Ulzama Digital, S. L.

P 62835 A

*A Teresa, Ángel, Mar, Chacón
y todos ellos.*

UN ASUNTO DE HONOR

1. El puticlub del Portugués

Era la más linda Cenicienta que vi nunca. Tenía dieciséis años, un libro de piratas bajo la almohada y, como en los cuentos, una hermanastra mala que había vendido su virginidad al portugués Almeida, quien a su vez pretendía revendérsela a don Máximo Larreta, propietario de Construcciones Larreta y de la funeraria *Hasta Luego*.

—Un día veré el mar —decía la niña, también como en los cuentos, mientras pasaba la fregona por el suelo del puticlub. Y soñaba con un cocinero cojo y una isla, y un loro que gritaba no sé qué murga sobre piezas de a ocho.

—Y te llevará un príncipe azul en su yate —se le choteaba la Nati, que tenía muy mala leche—. No te jode.

El príncipe azul era yo, pero ninguno de nosotros lo sabía, aún. Y el yate era el Volvo 800

Magnum de cuarenta toneladas que a esas horas conducía el que suscribe por la Nacional 435, a la altura de Jerez de los Caballeros.

Permitan que me presente: Manolo Jarales Campos, veintisiete años, la mili en Regulares de Ceuta y año y medio de talego por dejarme liar bajando al moro y subir con lo que no debía. De servir a la patria me queda un diente desportillado que me partió un sargento de una hostia, y de El Puerto de Santa María el tabique desviado y dos tatuajes: uno en el brazo derecho, con un corazón y la palabra *Trocito*, y otro en el izquierdo que pone: *Nací para haserte sufrir*. La *s* del *haserte* se la debo a mi tronco Paco Seisdedos, que cuando el tatuaje estaba con un colocón tremendo, y claro. Por lo demás, el día de autos yo había cumplido tres meses de libertad y aquel del Volvo era mi primer curro desde que estaba en bola. Y conducía tan campante, oyendo a los Chunguitos en el radiocassette y pensando en echar un polvo donde el portugués Almeida, o sea, a la Nati, sin saber la que estaba a punto de caerme encima.

El caso es que aquella tarde, día de la Virgen de Fátima —me acuerdo porque el portugués Almeida era muy devoto y tenía un azulejo con farolillo a la entrada del puticlub—, aparqué la máquina, metí un paquete de Winston en la manga de la camiseta, y salté de la cabina en busca de un alivio y una cerveza.

—Hola, guapo —me dijo la Nati.

Siempre le decía hola guapo a todo cristo, así que no vayan ustedes a creer. La Nati sí que estaba tremenda, y los camioneros nos la recomendábamos unos a otros por el VHF, la radio que sirve para sentirnos menos solos en ruta y echarnos una mano unos a otros. Había otras chicas en el local, tres o cuatro dominicanas y una polaca, pero siempre que la veía libre, yo me iba con ella. Quien la tenía al punto era el portugués Almeida, que la quitó de la calle para convertirla en su mujer de confianza. La Nati llevaba la caja y el gobierno del puticlub y todo eso, pero seguía trabajando porque era muy golfa. Y al portugués Almeida los celos se le quitaban contando billetes, el hijoputa.

—Te voy a dar un revolcón, Nati. Si no es molestia.

—Contigo nunca es molestia, guapo. Lo que son es cinco mil.

Vaya por delante que de putero tengo lo justo. Pero la carretera es dura, y solitaria. Y a los veintisiete tacos es muy difícil olvidar año y medio de ayuno en el talego. Tampoco es que a uno le sobre la viruta, así que, bueno, ya me entienden. Una alegría cada dos o tres semanas viene bien para relajar el pulso y olvidarse de los domingueros, de las carreteras en obras y de los picoletos de la Guardia Civil, que en cuanto metes la gamba te putean de mala manera, que si la documentación y que si el manifiesto de carga y que si la madre que los parió, en vez de estar deteniendo violadores, banqueros y presentadores de televisión. Que desde mi punto de vista son los que más daño hacen a la sociedad.

Pero a lo que iba. El caso es que pasé a los reservados a ocuparme con la Nati, le llené el depósito y salí a tomarme otra cerveza antes de subirme otra vez al camión. Yo iba bien, aliviado y a gusto, metiéndome el faldón de la camiseta en los tejanos. Y entonces la vi.

Lo malo —o lo bueno— que tienen los momentos importantes de tu vida es que casi nunca te enteras de que lo son. Así que no vayan a pensar ustedes que sonaron campanas o música como en el cine. Vi unos ojos oscuros, enormes, que me miraban desde una puerta medio abierta, y una cara preciosa, de ángel jovencito, que desentonaba en el ambiente del puticlub como a un cristo pueden desentonarle un rifle y dos pistolas. Aquella chiquilla ni era puta ni lo sería nunca, me dije mientras seguía andando por el pasillo hacia el bar. Aún me volví a mirarla otra vez y seguía allí, tras la puerta medio entornada.

—Hola —dije, parándome.

—Hola.

—¿Qué haces tú aquí?

—Soy la hermana de Nati.

Coño con la Nati y con la hermana de la Nati. Me la quedé mirando un momento de arriba abajo, flipando en colores. Llevaba un vestido corto, ligero, negro, con florecitas amontonadas, y le faltaban dos botones del escote. Pelo oscuro, piel morena. Un sueño tierno y quinceañero de esos que salen en la tele anunciando compresas que ni se mueven ni se notan ni traspasan. O sea. Lo que en El Puerto llamábamos un yogurcito. O mejor, un petisuis.

—¿Cómo te llamas?

Me miraba los tatuajes. Manolo, respondí.

—Yo me llamo María.

Hostias con María. Vete largando, Manolín, colega, pero ya mismo, me dije.

—¿Qué haces? —preguntó.

—Guío un camión —dije, por decir algo.

—¿A dónde?

—Al sur. A Faro, en Portugal. Al mar.

Mi instinto taleguero, que nunca falla, anunciaba esparrame. Y como para confirmarlo apareció Porky al otro lado del pasillo. Porky era una especie de armario de dos por dos, una mala bestia que durante el día oficiaba de conductor en la funeraria *Hasta Luego* y de noche como vigilante en el negocio del portugués Almeida, donde iba a trabajar con el coche de los muertos por si había alguna urgencia. Grande, gordo, con granos. Así era el Porky de los cojones.

—¿Qué haces aquí?

—Me pillas yéndome, colega. Me pillas yéndome.

Cuando volví a mirar la puerta, la niña había desaparecido. Así que saludé a Porky —me devolvió un gruñido—, fui a endiñarme una birra Cruzcampo y un café, le di una palmadita en el culo a la polaca, eché una meada en los servicios y volví al camión. Los faros de los coches que pasaban me daban en la cara, trayéndome la imagen de la niña. Eran las once de la noche, más o menos, cuando pude quitármela de la cabeza. En el radiocassette, los Chunguitos cantaban *Puños de acero*:

> *De noche no duermo*
> *de día no vivooo...*

Abrí la ventanilla. Hacía un tiempo fresquito, de puta madre.

> *Me estoy volviendo loco,*
> *maldito presidiooo...*

Hice diez kilómetros en dirección a Fregenal de la Sierra antes de oír el ruido mientras cambiaba de cassette. Sonaba como si un ratón se moviera en el pequeño compartimento con litera que hay para dormir, detrás de la cabina. Las dos primeras veces no le di importancia, pero a la tercera empecé a mosquearme. Así que puse las intermitencias y aparqué en el arcén.

—¿Quién anda ahí?

La que andaba era ella. Asomó la cabeza como un ratoncito asustado, jovencita y tierna, y yo me sentí muy blando por dentro, de golpe, mientras el mundo se me caía encima, cacho a cacho. Aquello era secuestro, estupro, vaya usted a saber. De pronto me acordé de la Nati, del portugués Almeida, del careto de Porky, del coche fúnebre aparcado en la puerta, y me vinieron sudores fríos. Iba a comerme un marrón como el sombrero de un picador.

—¿Pero dónde crees que vas, tía?

—Contigo —dijo, muy tranquila—. A ver el mar.

Llevaba en las manos un libro y a la espalda una pequeña mochila. Las ráfagas de faros la iluminaban al pasar, y en los intervalos sólo relucían sus ojos en la cabina. Yo la miraba desconcertado, alucinando. Con cara de gilipollas.

2. Un fulano cojo y un loro

El camión seguía parado en el arcén. Pasaron los picoletos con el pirulo azul soltando destellos, pero no se detuvieron a darme la barrila como de costumbre. Que si los papeles y que si ojos negros tienes. Algún desgraciado acababa de romperse los cuernos un par de kilómetros más arriba, y tenían prisa.

—Déjame ir contigo —dijo ella.

—Ni lo sueñes —respondí.

—Quiero ver el mar —repitió.

—Pues ve al cine. O coge un autobús.

No hizo pucheros, ni puso mala cara. Sólo me miraba muy fija y muy tranquila.

—Quieren que sea puta.

—Hay cosas peores.

Si las miradas pudieran ser lentas, diría que me miró muy despacio. Mucho.

—Quieren que sea puta como Nati.

Pasó un coche en dirección contraria con la larga puesta, el muy cabrón. Los faros deslumbraron la cabina, iluminando el libro que ella tenía en las manos, la pequeña mochila colgada a la espalda. Noté algo raro en la garganta; una sensación extraña, de soledad y tristeza, como cuando era crío y llegaba tarde a la escuela y corría arrastrando la cartera. Así que tragué saliva y moví la cabeza.

—Ése no es asunto mío.

Tuve tiempo de ver bien su rostro, la expresión de los ojos grandes y oscuros, antes de que el resplandor de los faros se desvaneciera.

—Aún soy virgen.

—Me alegro. Y ahora bájate del camión.

—Nati y el portugués Almeida le han vendido mi virgo a don Máximo Larreta. Por cuarenta mil duros. Y se lo cobra mañana.

Así que era eso. Lo digerí despacio, sin agobios, tomándome mi tiempo. Entre otras muchas casualidades, ocurría que don Máximo Larreta, propietario de Construcciones Larreta y de la funeraria *Hasta Luego*, era dueño de medio Jerez de los Caballeros y tenía amigos en todas partes. En cuanto a Manolo Jarales Campos, el Volvo no era mío, se trataba del primer curro desde que me dieron bola del talego, y bastaba un informe desfavorable para que Instituciones Penitenciarias me fornicase la marrana.

—Que te bajes.

—No me da la gana.

—Pues tú misma.

Puse el motor en marcha, di la vuelta al camión y desanduve camino hasta el puticlub del portugués Almeida. Durante los quince minutos que duró el trayecto, ella permaneció inmóvil a mi lado, en la cabina, con su mochila a la espalda y el libro abrazado contra el pecho, la mirada fija en la raya discontinua de la carretera. Yo me volvía de vez en cuando a observarla de reojo, a hurtadillas. Me sentía inquieto y avergonzado. Pero ya dirán ustedes qué otra maldita cosa podía hacer.

—Lo siento —dije por fin, en voz baja.

Ella no respondió, y eso me hizo sentir peor aún. Pensaba en aquel don Máximo Larreta, canalla y vulgar, enriquecido con la especulación de terrenos, el negocio de la construcción y los chanchullos. Desparramando billetes convencido, como tantos de sus compadres, de que todo en el mundo —una mujer, un ex presidiario, una niña virgen de dieciséis años— podía comprarse con dinero.

Dejé de pensar. Las luces del puticlub se veían ya tras la próxima curva, y pronto todo volvería a ser como antes, como siempre: la carretera, los Chunguitos y yo. Le eché un último vistazo a la niña, aprovechando las luces de una gasolinera. Mantenía el libro apretado contra el pecho, resignada e inmóvil. Tenía un perfil precioso, de yogurcito dulce. Cuarenta mil cochinos duros, me dije. Perra vida.

Detuve el camión en la explanada frente al club de alterne y la observé. Seguía mirando obstinada, al frente, y le caía por la cara una lágrima gruesa, brillante. Un reguero denso que se le quedó suspendido a un lado de la barbilla.

—Hijoputa —dijo.

Abajo debían de haberse olido el asunto, porque vi salir a Porky, y después a la Nati, que se quedó en la puerta con los brazos en jarras. Al poco salió el portugués Almeida, moreno, bajito, con sus patillas rizadas y sus andares de chulo lisboeta, el diente de oro y la sonrisa peligrosa, y se vino despacio hasta el pie del camión, con Porky guardándole las espaldas.

—Quiso dar un paseo —les expliqué.

Porky miraba a su jefe y el portugués Almeida me miraba a mí. Desde lejos, la Nati nos miraba a todos. La única que no miraba a nadie era la niña.

—Me joden los listos —dijo el portugués Almeida, y su sonrisa era una amenaza.

Encogí los hombros, procurando tragarme la mala leche.

—Me la trae floja lo que te joda o no. La niña se subió a mi camión, y aquí os la traigo.

Porky dio un paso adelante, los brazos —parecían jamones— algo separados del cuerpo como en las películas, por si su jefe encajaba mal mis comentarios. Pero el portugués Almeida se limitó a mirarme en silencio antes de ensanchar la sonrisa.

—Eres un buen chico, ¿verdad?... La Nati dice que eres un buen chico.

Me quedé callado. Aquella gente era peligrosa, pero en año y medio de talego hasta el más primavera aprende un par de trucos. Agarré con disimulo un destornillador grande y lo dejé al alcance de la mano por si liábamos la pajarraca. Pero el portugués Almeida no estaba aquella noche por la labor. Al menos, no conmigo.

—Haz que baje esa zorra —dijo. El diente de oro le brillaba en mitad de la boca.

Eso lo zanjaba todo, así que me incliné sobre las rodillas de la niña para abrir la puerta del camión. Al hacerlo, con el codo le rocé involuntariamente los pechos. Eran suaves y temblaban como dos palomas.

—Baja —le dije.

No se movió. Entonces el portugués Almeida la agarró por un brazo y tiró de ella hacia abajo, con violencia, haciéndola caer de la cabina al suelo. Porky tenía el ceño fruncido, como si aquello lo hiciera pensar.

—Guarra —dijo su jefe. Y le dio una bofetada a la chica cuando ésta se incorporaba, aún con la pequeña mochila a la espalda. Sonó *plaf*, y yo desvié la mirada, y cuando volví a mirar los ojos de ella buscaron los míos; pero había dentro tanta desesperación y tanto desprecio que cerré la puerta de un golpe para interponerla entre nosotros. Después, con las orejas ardiéndome de vergüenza, giré el volante y llevé de nuevo el Volvo hacia la carretera.

Veinte kilómetros más adelante, paré en un área de servicio y le estuve pegando puñetazos al volante hasta que me dolió la mano. Después tanteé el asiento en busca del paquete de tabaco, encontré su libro y encendí la luz de la cabina para verlo mejor. *La isla del tesoro*, se llamaba. Por un tal R. L. Stevenson. En la portada se veía el mapa de una isla, y dentro había una estampa con un barco de vela, y otra con un fulano cojo y un loro en el hombro. En las dos se veía el mar.

Me fumé dos cigarrillos, uno detrás de otro. Después me miré el careto en el espejo de la cabina, la nariz rota en El Puerto de Santa María, el diente desportillado en Ceuta. Otra vez no, me dije. Tienes demasiado que perder, ahora: el curro y la libertad. Después pensé en los cuarenta mil duros de don Máximo Larreta, en la sonrisa del portugués Almeida. En la lágrima gruesa y brillante suspendida a un lado de la barbilla de la niña.

Entonces toqué el libro y me santigüé. Hacía mucho que no me santiguaba, y mi pobre vieja habría estado contenta de verme hacerlo. Después suspiré hondo antes de girar la llave de encendido para dar contacto, y el Volvo se puso a rugir bajo mis pies y mis manos. Lo llevé hasta la carretera para emprender, por segunda vez aquella noche, el regreso en dirección a Jerez de los Caballeros. Y cuando vi aparecer a lo lejos las luces del puticlub —ya me las sabía de memoria, las malditas luces— puse a los Chunguitos en el radiocassette, para darme coraje.

3. Fuga hacia el sur

No sé cómo lo hice, pero el caso es que lo hice. Sé que en la puerta aspiré aire, como quien va a zambullirse en el agua, y luego entré. Del resto recuerdo fragmentos: la cara de la Nati al verme aparecer de nuevo en el puticlub, las carnes viscosas de Porky cuando le asesté un rodillazo en los huevos. Lo demás es confuso: las chicas pegando gritos, la Nati tirándome un cuchillo de cortar jamón a la cara y fallándome por dos dedos, el pasillo largo como un día sin tabaco y yo aporreando las puertas, una que se abre y el portugués Almeida que me tira una hostia con la hebilla de su cinturón mientras, por encima de su hombro, veo a la niña tendida en una cama.

—¿Qué haces aquí, cabrón?

Me dice. La niña tiene la marca de un correazo en la cara, y el diente de oro del portugués

Almeida me deslumbra, y yo me vuelvo loco, así que agarro por el gollete una botella que está sobre la mesa, la casco en la pared y le pongo a mi primo el filo justo debajo de la mandíbula, en la carótida, y el fulano se rila por la pata abajo porque los ojos que tengo en ese momento son ojos de matar.

—Nos vamos, chiquilla.

Y ella no dice esta boca es mía, sino que agarra su mochila, que está en el suelo junto a la cama, y se desliza rápida como una ardilla por debajo de mi brazo, el mismo con el que tengo agarrado por el cuello al portugués Almeida. Y así, con el filo de la botella tocándole las venas hinchadas, nos vamos a reculones por el pasillo, salimos a la barra del puticlub, y la Nati, que sigue estando buena aún de mala leche, me escupe:

—¡Ésta la vas a pagar!

Porky, que rebulle por el suelo con las manos entre las ingles, nos mira con ojos turbios, sin enterarse de nada, y el portugués Almeida me suda entre los brazos, un sudor pegajoso y agrio que huele a odio y a miedo. Unos clientes que están al fondo de la barra intentan meterse en camisas de once varas pero esa noche mi vieja debe de estar rezando por mí en el cielo donde van las viejitas buenas, porque un par de colegas, dos camioneros que me conocen de la ruta y están allí de paso, se le plantan delante a los otros y les dicen que cada perro se lama su pijo, y los otros dicen que bueno, que tranquis. Y se vuelven a sus cubatas.

Total. Que fue así, de milagro, como llegamos hasta el camión, con todo el mundo amontonado en la puerta, mirando, mientras la Nati largaba por esa boca y el portugués Almeida se me deshidrataba entre el brazo y la botella rota.

—Sube a la cabina, niña.

No se lo hizo decir dos veces, mientras yo pasaba entre el coche fúnebre de Porky y mi camión, rodeando hacia el otro lado sin soltar mi presa. Sólo en el último segundo le pegué la boca en la oreja al macró:

—Si la quieres, ve a buscarla al cuartelillo de la Guardia Civil.

Lo que era un farol que te cagas, Manolín; pero es cuanto se me ocurría en ese momento. Después aflojé el brazo y tiré la botella, y cuando el portugués Almeida se revolvió a medias, le di un rodillazo en el fémur, como hacíamos en El Puerto, y lo dejé en el suelo, con el diente haciéndome señales luminosas, mientras arrancaba el Volvo y salíamos, la niña y yo, a toda leche por la carretera. Al hacerlo me llevé por delante la aleta y una rueda del Opel Calibra del portugués.

Pasaba la medianoche e iba habiendo menos tráfico, faros que iban y venían, luces rojas en el retrovisor. La cara B de los Chunguitos transcurrió entera antes de que dijéramos una palabra. Al tantear en busca de tabaco encontré su libro. Se lo di.

—Gracias —dijo. Y no supe si se refería al libro o al esparrame de Jerez de los Caballeros.

Pasamos Fregenal de la Sierra sin novedad. Yo acechaba los faros de algún coche sospechoso, pero nada llamaba mi atención. Empecé a confiarme.

—¿Qué piensas hacer ahora? —le pregunté.

Tardaba en responder y me volví a mirarla, su perfil en penumbra fijo al frente, en la carretera.

—Me dijiste que ibas a Portugal. Al mar. Y yo nunca he visto el mar.

—Es como en las películas —dije yo, por decir algo—. Tiene barcos. Y olas.

Adelanté a un compañero que reconoció el camión y me saludó con una ráfaga de luces.

Después volví a mirar por el retrovisor. Nadie venía detrás, aún. Me acordé de la correa del portugués Almeida y alargué la mano hacia el rostro de la niña, para verle la cara, pero ella se apartó.

—¿Te duele?

—No.

Encendí un momento la luz de la cabina, y pude comprobar que apenas tenía ya marca. El hijo de la gran puta, dije.

—¿Qué edad tienes, niña? —pregunté.

—Cumpliré diecisiete en agosto. Así que no me llames niña.

—¿Llevas documento de identidad? Quizá te lo pidan en la frontera.

—Sí. Nati me lo sacó hace un mes —guardó silencio un instante—. Para trabajar de puta hay que tenerlo.

En Jabugo paramos a tomar café. Ella pidió Fanta de naranja. Había un coche de los picoletos en la puerta del bar, así que me atreví a dejarla sola un momento mientras yo iba a los servicios para echarme agua por la cabeza y diluir adrenalina. Cuando volví con la camiseta húmeda y el pelo goteando se me quedó mirando un rato largo, primero la cara y luego los tatuajes de los brazos. Me bebí el café y pedí un Magno.

—¿Quién es Trocito? —preguntó de pronto.

Me calcé el coñac sin prisas.

—Ella.

—¿Y quién es ella?

Yo miraba la pared del bar: jamones, caña de lomo, llaveros, fotos de toreros, botas de vino las Tres Zetas.

—No lo sé. La estoy buscando.

—¿Llevas tatuado el nombre de alguien a quien todavía no conoces?

—Sí.

Removió su refresco con una pajita.

—Estás loco. ¿Y si no encuentras nunca a nadie que se llame así?

—La encontraré —me eché a reír—. A lo mejor eres tú.

—¿Yo? Qué más quisieras —me miró de reojo y vio que aún me reía—. Idiota.

La amenacé con un dedo.

—No vuelvas a llamarme idiota —dije— o no subes al camión.

Me observó de nuevo, esta vez más fijamente.

—Idiota —y sorbió un poco de Fanta.

—Guapa.

La vi sonrojarse hasta la punta de la nariz. Y fue en ese momento cuando me enamoré de Trocito hasta las cachas.

—¿Por qué subiste a mi camión?

No contestó. Hacía un nudo con la pajita del refresco. Por fin se encogió de hombros. Unos hombros morenos, preciosos bajo la tela ligera del vestido oscuro estampado con florecitas.

—Me gustó tu pinta. Pareces buena persona.

Me removí, ofendido.

—No soy buena persona. Y para que te enteres, he estado en el talego.

—¿El talego?

—El maco. La cárcel. ¿Aún quieres que te lleve a Portugal?

Miró el tatuaje y luego mi cara, como si me viera por primera vez. Luego, desdeñosa, deshizo y volvió a hacer el nudo de la pajita.

—Y a mí qué —dijo.

Vi que el coche de los picos se movía de la puerta, y comprendí que la tregua había terminado. Puse unas monedas sobre el mostrador.

—Habrá que irse —dije.

En la puerta nos cruzamos con Triana, un colega que aparcaba su tráiler frente al bar. Y me dijo que acababa de oír hablar del portugués Almeida y de nosotros por el VHF. Por lo visto, éramos famosos. Todos los camioneros de la Nacional 435 estaban pendientes del asunto.

4. El Pato Alegre

Total. Que los dos colegas que me echaron una mano en el puticlub del portugués habían estado radiando el partido por la radio VHF, y a esas horas todos los camioneros de la Nacional 435 estaban al corriente del esparrame. Apenas subimos al Volvo conecté el receptor. Parece que la tía está buenísima, decían algunos. Un yoplait de fresa. Menuda suerte tiene el Manolo.

Menuda suerte. Yo miraba por el retrovisor y las gotas de sudor me corrían por el cogote.

«Dice Águila Flaca que Llanero Solitario puso el puticlub patas arriba. Con dos cojones.»

Llanero Solitario era un servidor. Dos o tres colegas que me reconocieron al adelantar, dieron ráfagas; uno hasta soltó un bocinazo.

«Acabo de verte pasar, Llanero. Buena suerte» —dijo el altavoz de VHF.

Desde su asiento, la niña me miraba.

—¿Hablan de nosotros?

Quise sonreír, pero sólo me salió una mueca desesperada.

—No. De Rocío Jurado y Ortega Cano.

—Debes de creerte muy gracioso.

Maldita la gracia que tenía. Decidí coger la radio.

—Llanero Solitario a todos los colegas. Gracias por el interés; pero como los malos estén a la escucha, me vais a joder vivo.

Hubo un torrente de saludos y deseos de buena suerte, y después el silencio. En realidad, puteros, vagabundos y algo brutos, los camioneros son buenos chicos. Gente sana y dura. Antes de callarse, un par de ellos —Bragueta Intrépida y Rambo 15— dieron noticias de nuestros enemigos. Por lo visto, como al irnos les dejé el Calibra hecho polvo, habían emprendido la persecución en el coche de la funeraria: Porky al volante, con el portugués Almeida y la Nati. Bragueta Intrépida acababa de verlos pasar cagando leches por el puerto de Tablada.

Decidí despistar un poco, así que a la altura de Riotinto tomé la comarcal 421 a la derecha, la que lleva a los pantanos del Oranque y el Odiel, y en Calañas torcí a la izquierda para regresar por Valverde del Camino. Seguía atento a la radio, pero los colegas se portaban. Nadie hablaba de nosotros ahora. Sólo de vez en cuando alguna alusión velada, algún comentario con doble sentido. El Lejía Loco informó escuetamente que un coche funerario acababa de adelantarlo en la gasolinera de Zalamea. Amor de Madre y Bragueta Intrépida repitieron el dato sin añadir comentarios. Al poco, El Riojano Sexy informó en clave que había un control picoleto en el cruce de El Pozuelo y después le deseó buen viaje al Llanero y la compañía.

—¿Por qué te llaman Llanero Solitario? —preguntó la niña. La carretera era mala y yo conducía despacio, con cuidado.

—Porque soy de Los Llanos de Albacete.

—¿Y Solitario?

Cogí un cigarrillo y presioné el encendedor automático del salpicadero. Fue ella quien me lo acercó a la boca cuando hizo clic.

—Porque estoy solo, supongo.

—¿Y desde cuándo estás solo?

—Toda mi puta vida.

Se quedó un rato callada, como si meditase aquello. Después cogió el libro y lo abrazó contra el pecho.

—Nati siempre dice que me voy a volver loca de tanto leer.

—¿Lees mucho?

—No sé. Leo este libro muchas veces.

—¿De qué va?

—De piratas. También hay un tesoro.

—Me parece que he visto la película.

Hacía media hora que la radio estaba tranquila, y conducir un camión de cuarenta toneladas por carreteras comarcales lo hace polvo a uno. Así que eché el freno en un motel de carretera, el Pato Alegre, para tomar una ducha y despejarme. Alquilé un apartamento con dos camas, le dije a ella que descansara en una, y estuve diez minutos bajo el agua caliente, procurando no pensar en nada. Después, más relajado, me puse a pensar en la niña y tuve que pasar otros tres minutos bajo el agua —esta vez fría— hasta que estuve en condiciones de salir de allí. Aunque seguía húmedo, me puse los tejanos directamente sobre la piel y volví al dormitorio. Estaba sentada en la cama y me miraba.

—¿Quieres ducharte?

Negó con la cabeza, sin dejar de mirarme.

—Bueno —dije tumbándome en la otra cama, y puse el reloj despertador para dos horas más tarde—. Voy a dormir un rato.

Apagué la luz. El rótulo luminoso colaba una claridad blanca entre los visillos de la ventana. Oí a la niña moverse en su cama, y adiviné su vestido ligero estampado, los hombros morenos, las piernas. Los ojos oscuros y grandes. Mi nueva erección tropezó con la cremallera entreabierta de los tejanos, arañándome. Cambié de postura y procuré pensar en el portugués Almeida y en la que me había caído encima. La erección desapareció de golpe.

De pronto noté un roce suave en el costado, y una mano me tocó la cara. Abrí los ojos. Se había deslizado desde su cama, tumbándose a mi lado. Olía a jovencita, como pan tierno, y les juro por mi madre que me acojoné hasta arriba.

—¿Qué haces aquí?

Me miraba a la claridad de la ventana, estudiándome el careto. Tenía los ojos brillantes y muy serios.

—He estado pensando. Al final me cogerán, tarde o temprano.

Su voz era un susurro calentito. Me habría gustado besarle el cuello, pero me contuve. No estaba el horno para bollos.

—Es posible —respondí—. Aunque yo haré lo que pueda.

—El portugués Almeida cobró el dinero de mi virginidad. Y un trato es un trato.

Arrugué el entrecejo y me puse a pensar.

—No sé. Quizá podamos conseguir los cuarenta mil duros.

La niña movió la cabeza.

—Sería inútil. El portugués Almeida es un sinvergüenza, pero siempre cumple su palabra... Dijo que lo de don Máximo Larreta y él era un asunto de honor.

—De honor —repetí yo, porque se me ocurrían veinte definiciones mejores para aquellos hijos de la gran puta, con la Nati de celestina de su propia hermana y Porky de mamporrero. Los imaginé en el coche funerario, carretera arriba y abajo, buscando mi camión para recuperar la mercancía que les había volado.

Me encogí de hombros.

—Pues no hay nada que hacer —dije—. Así que procuremos que no nos cojan.

Se quedó callada un rato, sin apartar los ojos de mí. Por el escote del vestido se le adivinaban los pechos, que oscilaban suavemente al moverse. La cremallera me hizo daño otra vez.

—Se me ha ocurrido algo —dijo ella.

Les juro a ustedes que lo adiviné antes de que lo dijera, porque se me erizaron los pelos del cogote. Me había puesto una mano encima del pecho desnudo, y yo no osaba moverme.

—Ni se te ocurra —balbucí.

—Si dejo de ser virgen, el portugués Almeida tendrá que deshacer el trato.

—No me estarás diciendo —la interrumpí con un hilo de voz— que lo hagamos juntos. Me refiero a ti y a mí. O sea.

Ella bajó su mano por mi pecho y la detuvo justo con un dedo dentro del ombligo.

—Nunca he estado con nadie.

—Anda la hostia —dije. Y salté de la cama.

Ella se incorporó también, despacio. Lo que son las mujeres: en ese momento no aparentaba dieciséis años, sino treinta. Hasta la voz parecía haberle cambiado. Yo pegué la espalda a la pared.

—Nunca he estado con nadie —repitió.

—Me alegro —dije, confuso.

—¿De verdad te alegras?

—Quiero decir que, ejem. Sí. Mejor para ti.

Entonces cruzó los brazos y se sacó el vestido por la cabeza, así, por las buenas. Llevaba unas braguitas blancas, de algodón, y estaba preciosa allí, desnuda, como un trocito de carne maravillosa, cálida, perfecta.

En cuanto a mí, qué les voy a contar. La cremallera me estaba destrozando vivo.

5. Llegan los malos

Era una noche tranquila, de esas en las que no se mueve ni una hoja, y la claridad que entraba por la ventana silueteaba nuestras sombras encima de las sábanas en las que no me atrevía a tumbarme. Se preguntarán ustedes de qué iba yo, a mis años y con las conchas que dan el oficio de camionero, año y medio de talego y una mili en Ceuta. Pero ya ven. Aquel trocito de carne desnuda y tibia que olía a crío pequeño recién despierto, con sus ojos grandes y negros mirándome a un palmo de mi cara, era hermoso como un sueño. En la radio, Manolo Tena cantaba algo sobre un loro que no habla y un reloj que no funciona, pero aquella noche a mí me funcionaba todo de maravilla, salvo el sentido común. Tragué saliva y dejé de eludir sus ojos. Estás listo, colega, me dije. Listo de papeles.

—¿De verdad eres virgen?

Me miró como sólo saben mirar las mujeres, con esa sabiduría irónica y fatigada que ni la aprenden ni tiene edad porque la llevan en la sangre, desde siempre.

—¿De verdad eres así de gilipollas? —respondió.

Después me puso una mano en el hombro, un instante, como si fuésemos dos compañeros charlando tan tranquilos, y luego la deslizó despacio por mi pecho y mi estómago hasta agarrarme la cintura de los tejanos, justo sobre el botón metálico donde pone *Levi's*. Y fue tirando de mí despacio, hacia la cama, mientras me miraba atenta y casi divertida, con curiosidad. Igual que una niña transgrediendo límites.

—¿Dónde has aprendido esto? —le pregunté.

—En la tele.

Entonces se echó a reír, y yo también me eché a reír, y caímos abrazados sobre las sábanas y, bueno, qué quieren que les diga. Lo hice todo despacito, con cuidado, atento a que le fuera bien a ella, y de pronto me encontré con sus ojos muy abiertos y comprendí que estaba mucho más asustada que yo, asustada de verdad, y sentí que se agarraba a mí como si no tuviera otra cosa en el mundo. Y quizá se trataba exactamente de eso. Entonces volví a sentirme así, como blandito y desarmado por dentro, y la rodeé con los brazos besándola lo más suavemente que pude, porque temía hacerle daño. Su boca era tierna como nunca había visto otra igual, y por primera vez en mi vida pensé que a mi pobre vieja, si me estaba viendo desde donde estuviera, allá arriba, no podía parecerle mal todo aquello.

—Trocito —dije en voz baja.

Y su boca sonreía bajo mis labios mientras los ojos grandes, siempre abiertos, seguían mirándome fijos en la semioscuridad. Entonces recordé cuando estalló la granada de ejercicio en el cuartel de Ceuta, y cuando en El Puerto quisieron darme una mojada porque me negué a ponerle el culo a un Kie, o aquella otra vez que me quedé dormido al volante entrando en Talavera y no palmé de milagro. Así que me dije: suerte que tienes, Manolo, colega, suerte que tienes de estar vivo. De tener carne y sentimiento y sangre que se te mueve por las venas, porque te hubieras perdido esto y ahora ya nadie te lo puede quitar. Todo se había vuelto suave, y húmedo, y cálido, y yo pensaba una y otra vez para mantenerme alerta: tengo que retirarme antes de que se me afloje el muelle y la preñe. Pero no hizo falta, porque en ese momento hubo un estrépito en la puerta, se encendió la luz, y al volverme encontré la sonrisa del portugués Almeida y un puño de Porky que se acercaba, veloz y enorme, a mi cabeza.

Me desperté en el suelo, tan desnudo como cuando me durmieron, las sienes zumbándome en estéreo. Lo hice con la cara pegada al suelo mientras abría un ojo despacio y prudente, y lo primero que vi fue la minifalda de la Nati, que por cierto llevaba bragas rojas. Estaba en una silla fumándose un cigarrillo. A su lado, de pie, el portugués Almeida tenía las manos en los bolsillos, como los malos de las películas, y el diente de oro le brillaba al torcer la boca con malhumorada chulería. En la cama, con una rodilla encima de las sábanas, Porky vigilaba de cerca a la niña, cuyos pechos temblaban y tenía en los ojos todo el miedo del mundo. Tal era el cuadro, e ignoro lo que allí se había dicho mientras yo sobaba; pero lo que oí al despertarme no era tranquilizador en absoluto.

—Me has hecho quedar mal —le decía el portugués Almeida a la niña—. Soy un hombre de honor, y por tu culpa falto a mi palabra con don Máximo Larreta... ¿Qué voy a hacer ahora?

Ella lo miraba, sin responder, con una mano intentando cubrirse los pechos y la otra entre los muslos.

—¿Qué voy a hacer? —repitió el portugués Almeida en tono de furiosa desesperación, y dio un paso hacia la cama. La niña hizo ademán de retroceder y Porky la agarró por el pelo para inmovilizarla, sin violencia. Sólo la sostuvo de ese modo, sin tirar. Parecía turbado por su desnudez y desviaba la vista cada vez que ella lo miraba.

—Quizá Larreta ni se dé cuenta —apuntó la Nati—. Yo puedo enseñarle a esta zorra cómo fingir.

El portugués Almeida movió la cabeza.

—Don Máximo no es ningún imbécil. Además, mírala.

A pesar de la mano de Porky en su cabello, a pesar del miedo que afloraba sin rebozo a sus ojos muy abiertos, la niña había movido la cabeza en una señal negativa.

Con todo lo buena que estaba, la Nati era mala de verdad; como esas madrastras de los cuentos. Así que soltó una blasfemia de camionero.

—Zorra orgullosa y testaruda —añadió, como si mascara veneno.

Después se puso en pie alisándose la minifalda, fue hasta la niña y le sacudió una bofetada
que hizo a Porky dejar de sujetarla por el pelo.

—Pequeña guarra —casi escupió—. Debí
dejar que os la follarais con trece años.

—Eso no soluciona nada —se lamentó el
portugués Almeida—. Cobré el dinero de
Larreta y ahora estoy deshonrado.

Enarcaba las cejas mientras el diente de oro
emitía destellos de despecho. Porky se miraba
las puntas de los zapatos, avergonzado por la
deshonra de su jefe.

—Yo soy un hombre de honor —repitió el
portugués Almeida, tan abatido que casi me dio
gana de levantarme e ir a darle una palmadita en
el hombro—. ¿Qué voy a hacer ahora?

—Puedes capar a ese hijoputa —sugirió la
Nati, siempre piadosa, y supongo que se refería
a mí. En el acto se me pasó la gana de darle pal-
maditas a nadie. Piensa, me dije. Piensa cómo
salir de ésta o se van a hacer un llavero con tus
pelotas, colega. Lo malo es que allí, desnudo y
boca abajo en el suelo, no había demasiado que
pensar.

El portugués Almeida sacó la mano derecha
del bolsillo. Tenía en ella una de esas navajas de

muelles, de dos palmos de larga, que te acojonan aun estando cerradas.

—Antes voy a marcar a esa zorra —dijo.

Hubo un silencio. Porky se rascaba el cogote, incómodo, y la Nati miraba a su chulo como si éste se hubiera vuelto majara.

—¿Marcarla? —preguntó.

—Sí. En la cara —el diente de oro relucía irónico y resuelto—. Un bonito tajo. Después se la llevaré a don Máximo Larreta para devolverle el dinero y decirle: me deshonró y la he castigado. Ahora puede tirársela gratis, si quiere.

—Estás loco —dijo la Nati—. Vas a estropear la mercancía. Si no es para Larreta, será para otros. La carita de esta zorra es nuestro mejor capital.

El portugués Almeida miró a la Nati con dignidad ofendida.

—Tú no lo entiendes, mujer —suspiró—. Yo soy un hombre de honor.

—Tú lo que eres es un capullo. Marcarla es tirar dinero por la ventana.

El portugués Almeida levantó la navaja, aún cerrada, dando un paso hacia la lumi.

—Cierra esa boca —ahora bailaba la amenaza en el diente de oro— o te la cierro yo.

La Nati miró primero la navaja y después los ojos de su chulo, y con ese instinto que tienen algunas mujeres y casi todas las putas, comprendió que no había más que hablar. Así que encogió los hombros, fue a sentarse de nuevo y encendió otro cigarrillo. Entonces el portugués Almeida echó la navaja sobre la cama, junto a Porky.

—Márcala —ordenó—. Y luego capamos al otro imbécil.

6. Albacete, Inox

Macizo y enorme, Porky miraba la navaja cerrada sobre la cama, sin decidirse a cogerla.

—Márcala —repitió el portugués Almeida.

El otro alargó la mano a medias, pero no consumó el gesto. La chuli parecía un bicho negro y letal que acechase entre las sábanas blancas.

—He dicho que la marques —insistió el portugués Almeida—. Un solo tajo, de arriba abajo. En la mejilla izquierda.

Porky se pasaba una de sus manazas por la cara llena de granos. Observó de nuevo la navaja y luego a la niña, que había retrocedido hasta apoyar la espalda en el cabezal de la cama y lo miraba, espantada. Entonces movió la cabeza.

—No puedo, jefe.

Parecía un paquidermo avergonzado, con su jeta porcina enrojecida hasta las orejas y aquellos escrúpulos recién estrenados. Para que te fíes de las apariencias, me dije. Aquel pedazo de carne tenía su chispita.

—¿Cómo que no puedes?

—Como que no puedo. Mírela usted, jefe. Es demasiado joven.

El diente de oro del portugués Almeida brillaba desconcertado.

—Anda la leche —dijo.

Porky se apartaba de la navaja y de la cama.

—Lo siento de verdad —sacudió la cabeza—. Disculpe, jefe, pero yo no le corto la cara a la chica.

—Todo lo que tienes de grande —le espetó la Nati desde su silla— lo tienes de maricón.

Como ven, la Nati siempre estaba dispuesta a suavizar tensiones. Por su parte, el portugués Almeida se acariciaba las patillas, silencioso e indeciso, mirando alternativamente a su guardaespaldas y a la niña.

—Eres un blando, Porky —dijo por fin.

—Si usted lo dice —respondió el otro.

—Un tiñalpa. Un matón de pastel. No vales ni para portero de discoteca.

El sicario bajaba la cabeza, enfurruñado.

—Pues bueno, pues vale. Pues me alegro.

Entonces el portugués Almeida dio un paso hacia la cama y la navaja. Y yo suspiré hondo, muy hondo, apreté los dientes y me dije que aquella era una noche tan buena como otra cualquiera para que me rompieran el alma. Porque hay momentos en que un hombre debe ir a que lo maten como dios manda. Así que, resignado y desnudo como estaba, me interpuse entre el portugués Almeida y la cama y le calcé una hostia de esas que te salen con suerte, capaz de tirar abajo una pared. Entonces, mientras el chulo retrocedía dando traspiés, la Nati se puso a gritar, Porky se revolvió desconcertado, yo le eché mano a la navaja, y en la habitación se lió una pajarraca de cojón de pato.

—¡Matarlo! ¡Matarlo! —aullaba la Nati.

Apreté el botón y la chuli se empalmó en mi mano con un chasquido que daba gloria oírlo. Entonces Porky se decidió, por fin, y se me vino encima, y yo le puse la punta —*Albacete, Inox*, me acuerdo que leí estúpidamente mientras lo hacía— delante de los ojos, y él se paró en seco, y entonces le pegué un rodillazo en la bisectriz, el segundo en el mismo sitio en menos de ocho horas, y el fulano se desplomó con un bufido de reproche, como si empezara a fastidiarle aquella costumbre mía de darle rodillazos, o sea, justo en los huevos.

—¡A la calle, niña! —grité—. ¡Al camión!

No tuve tiempo de ver si obedecía mi orden, porque en ese momento me cayeron encima la Nati, por un lado, y el portugués Almeida por el otro. La Nati empuñaba uno de sus zapatos con tacón de aguja, y el primer viaje se perdió en el aire, pero el segundo me lo clavó en un brazo. Aquello dolió cantidad, más que el puñetazo en la oreja que me acababa de tirar por su parte el portugués Almeida. Así que, por instinto, la navaja se fue derecha a la cara de la Nati.

—¡Me ha desgraciado! —chilló la bruja. La sangre le corría por la cara, arrastrando maquillaje, y cayó de rodillas, con la falda por la cintura y las tetas fuera del escote, todo un espectáculo. Entonces el portugués Almeida me tiró un derechazo a la boca que falló por dos centímetros, y agarrándome la muñeca de la navaja se puso a morderme la mano, así que le clavé los dientes en una oreja y sacudí la cabeza a uno y otro lado hasta que soltó su presa gimiendo. Le tiré tres tajos y fallé los tres, pero pude coger carrerilla y darle un cabezazo en la nariz, con lo que el diente de oro se le partió de cuajo y fue a caer encima de la Nati, que seguía gritando como si se hubiera vuelto loca, mirándose las manos llenas de sangre.

—¡Hijoputa!... ¡Hijoputa!

Yo seguía en pelotas, con todo bailándome, y no saben lo vulnerable que se siente uno de esa manera. Vi que la niña, con el vestido puesto y su mochila en la mano, salía zumbando hacia la puerta, así que salté por encima de la pareja, y como Porky rebullía en el suelo agarré la silla donde había estado sentada la Nati y se la rompí en la cabeza. Después, puesto que aún me quedaban en las manos el respaldo, el asiento y una pata, le sacudí con ellos otro sartenazo a la Nati, que a pesar de la mojada en el careto parecía la más entera de los tres. Después, sin detenerme a mirar el paisaje, me puse los tejanos, agarré las zapatillas y la camiseta y salí hacia el camión, cagando leches. Abrí las puertas y la niña saltó a mi lado, a la cabina, con el pecho que le subía y bajaba por la respiración entrecortada. Puse el contacto y la miré. Sus ojos resplandecían.

—Trocito —dije.

La sangre del taconazo de la Nati me chorreaba por el brazo encima del tatuaje cuando metí la primera y llevé el Volvo hasta la carretera. La niña se inclinó sobre mí, abrazándose a mi cintura, y se puso a besar la herida. Introduje a los Chunguitos en el radiocassette mientras la sombra del camión, muy alargada, nos precedía veloz por el asfalto, rumbo a la frontera y al mar.

De noche no duermooo...

Amanecía, y yo estaba enamorado hasta las cachas. De vez en cuando, un destello de faros o el VHF nos traían, de nuevo, saludos de los colegas.

«El Ninja de Carmona informando. Cuentan que ha habido esparrame en el Pato Alegre, pero que el Llanero Solitario cabalga sin novedad. Suerte al compañero.»

«Ginés el Cartagenero a todos los que estáis a la escucha. Acabo de ver pasar a la parejita. Parece que todo les va bien.»

«Te veo por el retrovisor, Llanero, y te cedo paso.... Guau. Vaya petisuis llevas ahí, colega. Deja algo para los pobres.»

—Hablan de ti —le dije a la niña.

—Ya lo sé.

—Esto parece uno de esos culebrones de la tele, ¿verdad? Con todo el mundo pendiente, y tú y yo en la carretera. O mejor —rectifiqué, girando el volante para tomar una curva cerrada— como en esas películas americanas.

—Se llaman *road movies*.

—¿Roud qué?

—*Road movies*. Significa películas de carretera.

Miré por el retrovisor: ni rastro de nuestros perseguidores. Quizá, pensé, se habían dado por vencidos. Después recordé el diente de oro del portugués Almeida, los gritos de odio de la Nati, y supe que verdes las iban a segar. Pasaría mucho tiempo antes de que yo pudiera dormir con los dos ojos cerrados.

—Para película —dije— la que me ha caído encima.

En cuanto a la niña y a mí, aún no tenía ni idea de lo que iba a ocurrir, pero me importaba un carajo. Tras haberme estado besando un rato la herida, se había limpiado mi sangre de los labios con un pañuelo que me anudó después alrededor del brazo.

—¿Tienes novia? —preguntó de pronto.

La miré, desconcertado.

—¿Novia? No. ¿Por qué?

Se encogió de hombros observando la carretera, como si no le importase mi respuesta.

Pero luego me miró de reojo y volvió a besarme el hombro, por encima del vendaje, mientras apretaba un poco más el nudo.

—Es un pañuelo de pirata —dijo, como si aquello lo justificase todo.

Después se tumbó en el asiento, apoyó la cabeza sobre mi muslo derecho y se quedó dormida. Y yo miraba los hitos kilométricos de la carretera y pensaba: lástima. Habría dado mi salud, y mi libertad, por seguir conduciendo aquel camión hasta una isla desierta en el fin del mundo.

7. La última playa

—¡El mar! —exclamó Trocito, emocionada, con los ojos muy abiertos y fijos en la línea gris del horizonte.

Pero no era el mar, sino el Tinto y el Odiel cuando circunvalamos Huelva, y otra vez falsa alarma con el Guadiana en Ayamonte, así que para cuando nos acercamos realmente al mar la niña ya empezaba a pasar mucho del tema. Y es que eso es la vida; estás dieciséis tacos soñando con algo, y cuando por fin ocurre no es como creías, y vas y te mosqueas.

—Pues el mar me parece una mierda —decía ella—. R. L. Stevenson exageraba mucho. Y las películas también.

—Ése no es el mar, Trocito. Espera un poco. Sólo es un río.

Fruncía las cejas igual que una cría cabreada.

—Pues como río también es una mierda.

Total. Que de río en río cruzamos la frontera sin problemas por Vila Real de Santo Antonio, donde cuando vio el mar de verdad ella
preguntó qué río es ése, y después tomamos la
carretera de Faro en dirección a Tavira. Allí, ante una de esas playas inmensas del sur, paré el
camión y le toqué el hombro a la niña.

—Ahí lo tienes.

Habría querido recordarla siempre así, muy
quieta en la cabina del Volvo 800 Magnum, a mi
lado, con aquellos ojos tan grandes y oscuros que
daba vértigo asomarse, fijos en las dunas que
deshilachaba el viento, en la espuma rizada sobre
las olas.

—Me parece que estoy enamorada de ti —dijo, sin apartar la vista del mar.

—No jodas —dije yo, por decir algo.

Pero tenía la boca seca y ganas de echarme
a llorar, de hundirle la cara en el cuello tibio y
olvidarme del mundo y de mi sombra. Pensé en
lo que había sido hasta entonces mi vida. Recordé, como si pasaran de golpe ante mis ojos, la
carretera solitaria, los cafés solos dobles en las
gasolineras, la mili a solas en Ceuta, los colegas
de El Puerto de Santa María y su soledad, que
durante año y medio había sido la mía. Si hubie-

ra tenido más estudios, me habría gustado saber de qué maneras se conjuga la palabra soledad, aunque igual resulta que sólo se conjugan los verbos y no las palabras, y ni soledad ni vida pueden conjugarse con nada. Puta vida y puta soledad, pensé. Y sentí de nuevo aquello que me ponía como blandito por dentro, igual que cuando era un crío y me besaba mi madre, y uno estaba a salvo de todo sin sospechar que sólo era una tregua antes de que hiciera mucho frío.

—Ven.

Le pasé en torno a la nuca el brazo derecho aún vendado con su pañuelo, y la atraje hasta mí. Parecía tan pequeña y tan frágil, y seguía oliendo como un crío recién despierto en la cama. Ya he dicho que nunca fui un tío muy instruido ni sé mucho de sentimientos; pero comprendí que ese olor, o su recuerdo recobrado, era mi patria y mi memoria. El único lugar del mundo al que yo deseaba volver y quedarme para siempre.

—¿Dónde iremos ahora? —preguntó Trocito.

Me gustaba aquel plural. Iremos. Hacía mucho tiempo que nadie se dirigía a mí en plural.

—¿Iremos?

—Sí. Tú y yo.

El libro de R. L. Stevenson estaba en el suelo, a sus pies. La besé entre los ojos oscuros y grandes que ya no miraban al mar, sino a mí.

—Trocito —dije.

En el VHF, los compañeros españoles y portugueses enviaban recuerdos al Llanero y su Petisuis o pedían noticias. O Terror das Rutas, un colega de Faro, pasó en dirección a Tavira, reconoció el Volvo parado junto a la playa y nos envió un saludo lleno de emoción, como si aquello fuese una telenovela. Apagué la radio.

El día era gris y las olas batían fuerte en la playa cuando bajamos del camión y anduvimos entre las dunas hasta la orilla. Había gaviotas que revoloteaban alrededor haciendo cric-cric y ella las miraba fascinada porque nunca las había visto de verdad.

—Me gustan —dijo.

—Pues tienen muy mala leche —aclaré—. Le pican los ojos a los náufragos que se duermen en el bote salvavidas.

—Venga ya.

—Te lo juro.

Se quitó las zapatillas para meter los pies en el agua. Las olas llegaban hasta ella rodeándole las piernas de espuma; algunas le salpicaron los bajos del vestido, que se le pegaba a los muslos. Se echó a reír feliz, como la niña que aún era, y mojaba las manos en el agua para hacérsela correr por la cara y el cuello. Había gotas suspendidas en sus pestañas.

—Te quiero —dije por fin. Pero el viento nos traía espuma y sal sobre la cara y a cambio se llevaba mis palabras.

—¿Qué? —preguntó ella. Y yo moví la cabeza, negando con una sonrisa.

—Nada.

Una ola más fuerte nos alcanzó a los dos, y nos abrazamos mojados. Ella estaba tibia bajo el vestido húmedo y temblaba apoyada contra mi pecho. Mi patria, pensé de nuevo. Tenía mi patria entre los brazos. Pensé en los compañeros que en ese momento contemplaban un rectángulo de cielo sobre el muro y las rejas de El Puerto. En el centinela que, solo, allá en su garita del monte Hacho, estaría mirando el gatillo del Cetme como una tentación. En los vagabundos de cuarenta toneladas con sueños imposibles en color y doble página pegados en la cabina, junto al volante. Y entonces dije para mis adentros: os brindo este toro, colegas.

Después me volví a mirar hacia la carretera y vi detenido junto al Volvo un coche funerario negro, largo y siniestro como un ataúd. Me lo quedé mirando un rato fijamente, el coche vacío e inmóvil, y no sentí nada especial; quizá sólo una fatiga densa, tranquila. Resignada. Aún tenía a Trocito entre los brazos y la mantuve así unos segundos más, respirando hondo el aire que traía espuma y sal, sintiendo palpitar su carne húmeda, calentita, contra mi cuerpo. La sangre me batía despacio por las venas. Pum-pum. Pum-pum.

—Trocito —dije por última vez.

Entonces la besé muy despacio, sin prisas, saboreándola como si tuviese miel en la boca y yo estuviese enganchado a esa miel, antes de apartarla de mí, empujándola suavemente hacia la orilla del mar. Después metí la mano en el bolsillo para sacar la navaja —*Albacete Inox*— y le di la espalda, interponiéndome entre ella y las tres figuras que se acercaban entre las dunas.

—Buenos días —dijo el portugués Almeida.

Con la nariz rota y sin el diente de oro, su sonrisa no era la misma, sino más apagada y vulgar. Tras él, con un esparadrapo y gasa en la cara y los zapatos en la mano para poder caminar por la arena, venía la Nati despeinada y sin maquillaje. En cuanto a Porky, cerraba la marcha con una venda en torno a la cabeza y traía un ojo a la funerala. Tenían todo el aspecto de una patética banda de canallas después de pasar una mala noche, y eso es exactamente lo que habían pasado: la peor noche de su vida. Por supuesto, venían resueltos a cobrársela.

Empalmé la chuli, cuya hoja de casi dos palmos se enderezó con un relámpago gris que reflejaba el cielo. Cuando sonó el chasquido en mi mano derecha, llevé la izquierda hasta el otro brazo y desanudé el pañuelo para descubrir el tatuaje. *Trocito*, decía bajo la herida. La sentí detrás, muy cerca de mí, entre el ruido de la resaca que rompía en la playa. El viento salado me traía el roce de sus cabellos.

Y era el momento, y era toda mi vida la que estaba allí a orillas del mar en aquella playa. Y de pronto supe que habían transcurrido todos mis años, con lo bueno y con lo malo, para que yo terminase viviendo ese instante. Y supe por qué los hombres nacen y mueren, y siempre son lo que son y nunca lo que desearían ser. Y mientras miraba los ojos del portugués Almeida y la pistola negra y reluciente que traía en una mano, supe también que toda mujer, cualquier mujer con lo que de ti mismo encierra en su carne tibia y en la miel de su boca y entre sus caderas, que es tu pasado y tu memoria, cualquier hermoso trocito de carne y sangre capaz de hacerte sentir como cuando eras pequeño y consolabas la angustia de la vida entre los pechos de tu madre, es la única patria que de verdad merece matar y morir por ella.

Así que apreté la empuñadura de la navaja y me fui a por el portugués Almeida. Con un par de cojones.

La Navata, julio de 1994

Índice

Cómo «Un asunto de honor» se convirtió en «Cachito»

Todo empezó en una comida con el productor de cine Antonio Cardenal y su machaca ejecutiva Marta Murube, que son mis amigos desde que Antonio se jugó el patrimonio para meterle mano con Pedro Olea a *El maestro de esgrima*. Antonio es un tipo grandullón, feo, entrañable y valiente, que tiene la extraña fijación patológica de adquirir, a poco que me descuido —otros coleccionan llaveros—, la mayor parte de los derechos cinematográficos de mis novelas. Acababa de contratarme *El club Dumas* y habíamos estado manteniendo reuniones con el guionista Anthony Shaffer —aquel de *Sommersby* y *La huella* de Mankiewicz—, para ver cómo se planteaba el asunto en términos cinematográficos. Shaffer es un inglés encantador pero minucioso, y además no habla una palabra de español; así que después de dos sesiones en el hotel Villamagna de Madrid estábamos hechos polvo, y fuimos los tres a reponernos comiendo algo.

Fue a los postres cuando ocurrió la cosa. Antonio, a quien le encanta complicarse la vida, acababa de decirme que tenía ganas de producir una película de mediano presupuesto, con acción y jóvenes y música y cosas así, y mientras él hablaba y yo le daba vueltas a un tocino de cielo y un cortado vi de pronto la historia mirándome allí, sobre el mantel: un fulano en un camión, hacia el sur, con camiseta y tejanos, y un yogurcito joven de ojos grandes, a su lado. Bares de carretera y faros de automóviles, una persecución, y una playa con el viento agitando el cabello de ella. Antonio seguía contándome no se qué, pero yo no lo escuchaba. Se me había ido la olla junto al camionero y la niña, y acababa de agregarles tres malos muy de caricatura, que los perseguían para darle emoción a la cosa. Muchas peripecias, peleas, entradas y salidas, la niña tierna que es sabia como todas las mujeres lo son, por instinto; y el chico duro que en el fondo es un infeliz buscándose la ruina. Algo así como érase una vez un yogurcito dulce por fuera y un camionero tierno por dentro que se enamora de ella y se la lleva —o en realidad la sigue—, hasta el final, sabiendo de antemano que el precio va a ser condenadamente alto. Un relato de amor, de carretera. Y de soledad y ternura. Y de valor, y de coraje, y de muerte. Pero con final feliz.

«Era la más linda Cenicienta que vi nunca...», pensé. Y de pronto miré a Antonio y le dije que iba a escribirle una película. Un relato corto para que alguien le hiciera un guión y lo llevara a la pantalla. Y me puse a improvisar. Recuerdo muy bien su cara y la de Marta cuando empecé a contarles la historia, construyéndola a medida que lo hacía. Al terminar, Antonio me miró a través de sus gafas siempre torcidas y dijo, muy serio:

—Escríbela ahora mismo, cabrón.

Y me puse a ello, dispuesto a hacer por primera vez en mi vida algo directamente destinado al cine. Se daba la feliz casualidad de que por aquellas fechas Juan Cruz, mi editor de Alfaguara, quería un relato corto, por entregas, para publicar en agosto en el diario *El País*. El año anterior ya nos habíamos estrenado con *La sombra del águila*, y Juan estaba dispuesto a repetir folletín, con intención de sacar después la historia en forma de libro. La experiencia de *La sombra del águila*, con sus pobres desertores españoles oficiando de héroes a la fuerza en la campaña napoleónica de Rusia, había resultado una experiencia divertida, y no me dolía volver a las andadas. Pero acababa de empezar *La piel del tambor*, calculándole unas quinientas páginas más o menos. Así que, consciente de que eso era autosentenciarme a dos años de galeras, le daba largas a mi editor. Lo malo es que cuando a Juan se le mete algo en la cabeza no te lo despegas ni con agua caliente, y el maldito me despertaba de noche fingiendo voces, enviaba anónimos amenazantes y me acorralaba en callejones oscuros. Así que terminé por claudicar, y un día que me desperté más espabilado que otros resolví matar ambos pájaros de un tiro. La historia del camionero se publicaría por entregas, y luego servíría de base para el guión de la película. De ese modo cobraba dos veces por el mismo trabajo, y todos contentos. Me puse a trabajar.

Fue una semana de tecla. La historia salió de un tirón, sin más dificultades que las normales, y elegí un tono que permitía escribirla de modo coloquial, rápido, sin detenerse mucho en correcciones ni florituras. La idea era que el papel de Manolo, el protagonista, encajara con Javier Bardem a quien Antonio Cardenal quería en el papel de camionero. María, el yogurcito, sería una chica joven, de casting. En cuanto al malo, la posibilidad de que el papel recayera sobre Joaquín Almeida —el magnífico marqués de los Alumbres de *El maestro de esgrima*— me sugirió la idea de convertirlo en el Portugués Almeida, con diente de oro incluido. Antonio estaba dispuesto a que la película la dirigiera Imanol Uribe, que por aquellas fechas acababa de terminar el rodaje de *Días contados* con adaptación libre de la novela de Juan Madrid. Mientras ellos discutían la cosa, yo me olvidaba por completo del cine para escribir la historia disfrutando muchísimo con ella, y convirtiéndola, de modo ya más personal, en un pequeño homenaje al lenguaje y el mundo carcelario, marginal y cutre, de los amigos y compañeros —macarras, lumis, presidiarios, trileros y prendas varias— que durante cinco años me habían acompañado cada noche de viernes en el programa de RNE *La ley de la calle*.

La trama la planteé desde el principio como una especie de cuento de hadas de la Cenicienta y el Caballero de Limpio Corazón, con bruja mala, dragón y final feliz. Lo del final feliz era importante, porque Antonio Cardenal me había hecho jurarle por mis muertos más frescos que la gente saldría sonriendo del cine, en plan oye qué bien. Sin embargo, a medida que tecleaba, el asunto iba cobrando vida propia. Y ocurrió lo que pasa a menudo en este tipo de cosas: algo que te planteas como una simple diversión superficial va introduciéndose en otro plano más profundo, y terminas por implicarte a fondo. De ese modo, y sin pretenderlo, el relato se fue llenando de ángulos menos evidentes y de ese humor desgarrado y amargo que ya figuraba en *La sombra del águila* y que, dicen algunos, es el mío. Y Manolo Jarales Campos, un personaje plano al servicio de la idea de una película, se transformó poco a poco en la encarnación de muchas otras cosas a medida que su autor le iba dejando, en riguroso préstamo, ciertos personales puntos de vista sobre el mundo, la mujer, el Destino, y lo que Manolo habría definido como puta vida.

En cuanto a los malos, quise salvar un poco al portugués Almeida. Los cinco años en permanente contacto semanal con chorizos de variopinto pelaje me enseñaron un par de cosas sobre ellos, así que decidí dotarlo de un retorcido sentido del honor, en forma de ese peculiar código que a veces tienen ciertos malandrines. Y en homenaje, sobre todo, a uno de mis mejores amigos: Angel Ejarque Calvo, ex boxeador, ex delincuente profesional, trilero y estafador callejero a base de arte y labia, que dejó la calle hace seis o siete años y fue, tanto en su vida choricil como en la honrada que lleva desde entonces, uno de los hombres más cabales y cumplidores que he conocido nunca. De ese modo, lo que cuenta en el relato para el portugués Almeida no es ya tanto el dinero o la virginidad de la niña —el tesoro que codician los piratas— sino ajustar cuentas con su honor mancillado por la pareja fugitiva. El honor del portugués, el honor del camionero, la honra de la niña. El título estaba claro: *Un asunto de honor*.

Pero, mientras le daba a la tecla, lo del final feliz cada vez lo veía menos claro. Tampoco es que a esas alturas de la historia me preocupara mucho, así que me consolaba diciendo que a la hora de hacer el guión ya se las apañarían otros para que la cosa resultara. Yo tenía clarísimo el final en la playa, Manolo y la niña, la navaja, y la ruina patatera que le había caído encima a mi protagonista. Andaba ya en las últimas líneas, buscando que se me perfilara el toro para rematar. Y sin tener muy claro si mi héroe se cargaba al portugués Almeida e iba al talego, o si el pobre Manolo palmaba allí, en la playa, defendiendo a Trocito y esa cierta idea de la vida y de sí mismo que había descubierto gracias a ella. De pronto, cuando llegué al momento de la arrancada, me dije: para, muchacho. Has llegado al final. Ahí está. Ya no hay nada más que decir, y lo que cuentes a partir de ahora importa un carajo. Y pensé: bueno, pues vale, pues me alegro. Que los guionistas se las arreglen como puedan.

Se publicó el relato. Entusiasmado con la historia, con ese calor que pone en todo cuanto se le mete entre ceja y ceja, Antonio Cardenal se la pasó a Imanol Uribe para que éste hiciera el guión, y me desentendí del asunto, decidido a mantenerme al margen. Todavía tuvimos una comida Imanol, otro guionista y yo, en El Escorial, para discutir un poco el asunto e intercambiar ideas. Si hay algo que aprendí en el rodaje de *El maestro de esgrima* es que los autores sólo servimos para incordiar en los rodajes, salvo que seas expresamente requerido para resolver tal o cual situación. Hasta tal punto llega la desconfianza de los directores respecto al padre de la criatura, que algunos incluso ven con malos ojos que sus actores lean el texto original; prefieren que se limiten a la visión de la historia que viene en el guión, a salvo de perniciosas influencias exteriores. No fue ese el caso de Pedro Olea cuando el rodaje de las andanzas de Jaime Astarloa (Omero Antonutti) y Adela de Otero (Assumpta Serna), guión que me fue sometido y en cuya redacción final participé gustoso; pero sí el del productor Ricky Posner y el director Jim MacBride, que rodaron *La tabla de Flandes* con un guión de Michael Hirst que convertía la segunda mitad de la historia de mi restauradora de arte, el anticuario César y el ajedrecista Muñoz, en un tebeo barato con una trama infantil propia de un telefilme de sobremesa norteamericano. De todas formas, como suelo decir siempre, uno corre esos riesgos cuando le vende una historia al cine. Y cuando vas de remilgado y estrecho, siempre queda el digno recurso de no dejar que nadie haga películas con ella. Así nadie te macula la cosa.

En el caso de Imanol Uribe, procuré no mezclarme para nada, limitándome a discutir las posibilidades de ampliación de los personajes y de la estructura. Antonio Cardenal y él estaban de acuerdo en que la trama venía definida, y sólo quedaba ampliarla para cubrir la hora y media necesaria para la película. Así que me dediqué a otros asuntos. Al cabo de un tiempo, Antonio me dijo que el título *Un asunto de honor* era poco cinematográfico, y yo sugerí *Trocito*. Por fin la cosa quedó en *Cachito* a instancias de Imanol, por aquello de la canción. Me pareció un buen título.

Pasaron varios meses, y el productor me llamó un día para decirme que el guión estaba listo, pero que había un problema. El problema me lo contaron Imanol y él durante una comida en el restaurante La Ancha de Madrid. Tras el éxito de *Días contados*, Uribe acariciaba el proyecto de *Sí, Bwana*: una película sobre el racismo que pensaba rodar con Andrés Pajares y María Barranco.

—Ahora me apetece mantener una línea como de más seriedad —dijo—, a tono con *Días contados*. Quizá *Cachito* tenga un tono de acción, de *thriller*, demasiado ligero para mí, en este momento.

Antonio Cardenal me miraba sin decir palabra, angustiado, pues Imanol había estado con el guión varios meses antes de comunicarle su cambio de intenciones, y el tiempo se nos echaba encima.

—Pues tú mismo —le dije a Uribe—. Pero cierto cine demasiado trascendente del que se hace en España suele ser más peligroso que el frívolo. Sobre todo en taquilla.

Imanol aseguró que eso no significaba que él se fuese del proyecto. Iba a seguir trabajando en el guión, cuya primera versión ya estaba lista. Y proponía un nombre para hacerse cargo de la historia: Enrique Urbizu. Un director vasco, joven, que había rodado la excelente *Todo por la pasta* y después un par de encargos sobre las historias de Carmen Rico Godoy. A Antonio, que a tales alturas se le echaban las fechas encima, le pareció una buena opción. Y a mí también. Así quedaron las cosas.

A los dos días recibí la primera versión del guión, que venía firmada por Imanol Uribe y otros dos guionistas. Lo leí muy despacio, página a página, y me quedé turulato. Nada de aquello tenía que ver con la historia que yo había escrito. La tierna historia de amor del camionero y su yogurcito se convertía allí en una sórdida y confusa historia de racismo y puterío, de hijas ocultas, de abuelas y de madres, con fantasmas incluidos, que terminaba con un camión cayéndose —lo juro— desde lo alto del peñón de

Gibraltar. Para más inri, la tierna Trocito se había convertido en una pequeña zorra maliciosa con muy mala leche y mi ingenuo héroe Manolo no sólo no era ingenuo, sino que estaba a punto de casarse con una novia a la que tenía preñada y, no contento con eso, se calzaba a la niña protagonista la noche antes de su boda, y además borracho.

Leí el texto por segunda vez, porque tal vez me había equivocado y no sabía captar las posibilidades cinematográficas del evento. Luego cerré el guión y cogí el teléfono para hablar con Antonio Cardenal:

—Ahora ya sé por qué Imanol no quiere hacer la película —dije—. Ha intentado convertir *Cachito* en una cosa seria, grave, trascendente, con mucho mensaje, y se ha cargado la historia. No tiene nada que ver con la que escribí para ti.

El pobre Antonio estaba hecho polvo.

—¿Y qué hacemos? —preguntó (luego supe que mientras hablábamos intentaba autoestrangularse con el cable del teléfono, sin éxito).

—Pues no sé —dije—. Igual a Imanol le sale una película magistral, buenísima, que no lo dudo. Pero para esto no me necesitábais a mí. De la historia original no ha quedado ni rastro.

Tiene que arreglarse, decía Antonio. Una reunión. Discutir el asunto. Cuéntales lo que no te gusta. El rodaje empieza dentro de tres meses y nos pilla el toro.

Se celebró la reunión en la productora Origen, con asistencia de Imanol, sus dos coguionistas, Antonio Cardenal y sus asesores, y Carmen Domínguez, ex colega de TVE en representación ahora de Antena 3, que coproducía en una pequeña parte y compraba los derechos de antena. Yo expuse mis razones sobre el guión, precisé los puntos en que la historia podía, a mi juicio, recuperar algo de lo perdido, y el equipo de Antonio y los de Antena 3 estuvieron de acuerdo. Imanol y sus guionistas tomaron nota de todo y prometieron tenerlo en cuenta. Dos semanas después enviaban otro guión absolutamente idéntico al anterior. Estaba claro que a Imanol, ya pendiente de su otra película, *Cachito* lo traía al fresco. Entonces me cabreé, y mucho.

—Paso del tema —le dije a Antonio—. La película es vuestra, así que rodad con este guión lo que os dé la gana, pero yo no quiero saber nada de ella. Y os prohíbo que utilicéis mi nombre en los créditos. No tiene nada que ver conmigo. Así que agur. Que os vayan dando.

Antonio, siempre fiel y buen amigo, hizo un último intento. Enrique Urbizu, a quien yo aún no conocía, estaba dispuesto a reescribir todo el guión, y un encuentro entre ambos podía, quizás, enderezar el asunto. Me mandó la cinta de *Todo por la pasta*, que aún no había visto. La vi y llamé a Antonio:

—Oye, ese Urbizu sabe mover la cámara en escenas de acción como poca gente en España. Y en este país, donde a menudo se emplean veinte minutos para contar lo que un director norteamericano resuelve en cuarenta y cinco segundos, la acción no es precisamente estrella de las pantallas.

—Qué me vas a contar a mí —se lamentaba Antonio.

Coincidía conmigo en que Urbizu había visto mucho cine norteamericano y lo había visto bien, pero al mismo tiempo era muy español. Así que me picó la curiosidad, fuimos a cenar juntos a un restaurante de Chamberí, y desde el primer momento congenié con aquel joven de pelo recogido en una coleta y botas tejanas, que tenía muy claro el cine que le gustaba hacer, y habiendo leído la historia original me explicó detalladamente sus proyectos sobre *Cachito*. Para alivio de Antonio Cardenal, que andaba poniéndole velas a la Virgen y rezando novenas a Santa Gema para salir del punto muerto —habíamos perdido a Javier Bardem con tanto retraso y malentendidos, y sospecho que también porque le hicieron llegar el guión en su primera y/o segunda versión—, Enrique Urbizu y yo salimos del restaurante tan de acuerdo que al día siguiente emprendíamos en plan Pili y Mili un viaje de tres días en coche, para que se ambientara en la historia antes de reescribir el guión maldito.

En realidad, la película *Cachito* surgió de aquel viaje. Durante mil quinientos kilómetros, basándonos de nuevo en el texto original de *Un asunto de honor*, recorrimos carreteras, bares de camioneros, puticlubs extremeños, hablamos con los guardias de Tráfico, comimos caña de lomo, tomamos copas a lo largo de la geografía andaluza, y nos lo pasamos, como hubiera dicho Manolo Jarales Campos, de cojón de pato. Un día llegamos a las playas de Tarifa y comprendimos que era allí donde iban a amanecer Cachito y Manolo para que ella viera el mar. Y Enrique, que no conocía Tarifa, se enamoró de aquella ciudad y la metió, por el morro, en su película.

Pocos viajes han dado tanto de sí. De ese salieron escenas, ideas, situaciones cómicas que a veces nos hacían estallar en carcajadas y nos obligaban a detener el coche para no estamparnos contra un camión. La idea del Correcaminos y el Coyote-Portugués-Rafael, el «Ahí estáis, cabrones» del radar de la Guardia Civil, la escena de Rafael con el picoleto de la pantera rosa, el desguace de Lucas, Tarifa de noche, el Mercedes hecho polvo, los muertos más frescos y el clavel y la campana, la impagable escena del señor escuchimizado de la barra poniéndole al malo el pistolón en el careto... Cuando en el amanecer del cuarto día arrié a Enrique en un semáforo de Madrid, supe que *Cachito* se había salvado.

La prueba me llegó a los pocos días, en el guión magnífico que, tomando como partida el de Uribe, pero manejando todos los ingredientes y recursos presentes en el texto de *Un asunto de honor*, Enrique Urbizu escribió en un tiempo récord. Antonio Cardenal me envió el tocho y corrió a rezarle al Cristo de Medinaceli, supongo, mientras yo lo leía. Apenas hube terminado, lo telefoneé:

—Hay una cosa —dije—. Un chorizo que ha estado en la cárcel no diría nunca «me cago en la sota de oros», sino «me cago en la puta de oros».

—¿Y lo demás? —preguntó Antonio, con un hilo de voz.

—Lo demás es buenísimo. Nunca había leído un guión tan estupendo en mi vida.

Y era cierto. No sentí necesidad de tocar ni una sola coma del texto conseguido por Enrique. Una historia que te enganchaba tanto como una *road movie* norteamericana bien planteada, pero al mismo tiempo profundamente española, con un humor oportuno, soberbio. Incluso había tenido momentos, durante su lectura, en que la interrumpí riéndome a carcajadas en escenas que eran hallazgos exclusivos de Enrique, como la cocaína en la olla de sopa o cuando el guardia civil detiene a Rafael y empieza a pedirle papeles en plena persecución. Uno de esos guiones que le habría gustado escribir a uno. Y firmarlos.

Después de aquello, el equipo de Origen se lanzó a una frenética actividad para poner en marcha la película: ocho semanas y media de rodaje en Madrid y el sur de Cádiz y un presupuesto de 250 millones, con dos tercios de la película en exteriores. El casting decidido entre Antonio y Enrique resultó excelente: Jorge

Perugorría, que arrasaba con *Fresa y chocolate* y con *Guantanamera* a punto de estrenarse, encarnaría a Manolo en lugar de Bardem. Trocito-Cachito salió de una ardua selección realizada por Enrique hasta dar con los ojazos gitanos de Amara Carmona, que llenaban la pantalla en las pruebas —contar cómo se pactaron las escenas eróticas, bajo estricta supervisión familiar, sería suficiente para escribir una novela—, y daba el aspecto de yogurcito, o petisuis, como quieran, apropiado para la historia. El papel de Nati, para quien Enrique había pensado en Kity Manver (*Todo por la pasta*), no pudo ser encomendado a ésta porque se hallaba rodando una serie para televisión; pero encontró una extraordinaria intérprete en Elvira Mínguez —de quien yo había hablado con entusiasmo a Cardenal tras verla bordar su papel de etarra en *Días contados*—, y que en *Cachito* supo dar un contenido perfecto con su personaje hastiado, bronco, a la parte femenina del triángulo de malvados: un Trío Calaveras maravilloso, que Enrique completó con Aitor Mazo como Porky, y con el que a mi juicio es el hallazgo más genial de la película: Sancho Gracia en el papel tragicómico, violento, estremecedor, hilarante, desaforado, esperpéntico, del portugués Almeida transformado en Rafael.

Hay que decir en honor de Sancho —y de Enrique Urbizu— que, en cuanto leyó el guión, aceptó hacer el personaje del Portugués-Rafael. La decisión no era baladí, pues Curro Jiménez no había hecho nunca de malo en la pantalla, salvo en la aparición televisiva de *El Jarabo*. Pero según me contó más tarde, la fuerza del personaje, sus contradicciones, la solidez y el humor del guión lo decidieron a aceptar el desafío.

—Es que este hijoputa de Urbizu —contaba— lo tiene muy claro.

Enrique y él se entendieron de maravilla; lo que no deja de ser singular en un actor veterano con más conchas que la tortuga D'Artagnan, y un director que aún no había cumplido los treinta años. En cuanto a Enrique, con mucho cine clásico de acción norteamericano visto y asimilado de modo impecable, y con una intensa admiración por los también clásicos de la pantalla española, rescatar a Curro Jiménez para el personaje de Rafael en una historia como *Cachito* le permitía bordear —de ese modo peligroso y entrañable que tanto le gusta— la épica cinematográfica, la acción, el humor, el guiño al espectador, la amalgama de todos los matices y homenajes a nuestro cine de todas las épocas, refundidas y relanzadas en una lectura inteligente que de nada reniega y de todo aprende. No es casual que en esa línea pensara en Sancho para el papel, encomendase a Luis Cuenca el de vigilante del puticlub de Tarifa, o rescatase a la bella y magnífica Sara Mora del cine erótico de los setenta para convertirla, con una cicatriz en la cara, en madre de *Cachito* veinte años después.

No asistí mucho al rodaje, fiel a mi personaje de autor que debe mantenerse a prudente distancia. Acudí alguna vez al estudio donde Luis Valle, el director artístico que realizó para Pedro Olea los maravillosos interiores de *El maestro de esgrima*, había construido el burdel donde transcurre la primera parte de la película. Luis, alias Koldo, no era el único miembro del equipo de *El maestro* que repetía historia mía, y también tuve el placer de encontrar a Alfredo Mayo como director de fotografía, y a Antonio Guillén como machaca de producción sobre el terreno, siempre al borde del agotamiento nervioso. En cuanto a Jorge Perugorría, simpatizamos en seguida cuando lo conocí en plan camionero, encantador, profesional, paseándose con el tatuaje en el brazo, como recién salido de las páginas de mi relato, con ese acento cubano que Enrique Urbizu resuelve en la película con una sola frase de Cachito, de modo genial. Y recuerdo la timidez de Amara Carmona cuando me contaba lo impresionada que estaba el primer día que tuvo que rodar una escena con Sancho Gracia:

—Me puse nerviosísima, imagínate... ¡Tenía delante de mí a Curro Jiménez!

Antonio Cardenal iba y venía, disfrutando de todo aquello como disfruta en cada película en la que se mete: como un crío con videoconsola nueva. A fin de cuentas, quien pagaba toda aquella maravillosa locura era él. El rodaje prosiguió en una presa de la sierra de Madrid, donde Sancho, colgado del abismo tras negarse a ser doblado por un especialista, se empeñó en interrumpir una escena para llamarme a su lado y recitarme, sobre el vacío, una escena del *Don Juan Tenorio* que tenía previsto estrenar el primero de noviembre en un teatro de Madrid:

—No es verdad, ángel de amor...

La última semana transcurrió en Tarifa, rodando de noche, donde la gente acudía en masa a ver a Curro Jiménez —los niños le preguntaban dónde estaban los caballos—, y Antxón, el ayudante de dirección, se veía obligado a rogar continuamente al público con un megáfono que no aplaudiesen a Sancho después de cada escena hasta que el director dijese «corten».

Por fin, una mañana en que el viento levantaba espuma a las olas, vi a Jorge Perugorría y a Amara Carmona amanecer en la cabina del camión, en una playa del sur. Y ella abrió esos ojos grandes y negros que tiene y dijo: «el mar». Y Manolo Jarales Campos la miraba con la misma ternura que en el texto que yo había escrito año y medio antes, imaginando esa misma mirada. Y Trocito sonreía con una sonrisa idéntica a la que yo había puesto en sus labios. Y me dije que sí, que el cine es un cabroncete que te gasta a menudo bromas pesadas. Pero a veces una mujer, una actriz, una mirada, un amanecer filmado por un equipo de gente silenciosa tras una cámara, pueden encarnar con absoluta precisión, con fidelidad, el momento mágico, fugaz, de la historia que una vez soñaste.

Tarifa, septiembre de 1995